祷りへの旅

高橋次夫
Takahashi Tsugio
詩集

土曜美術社出版販売

詩集　祷りへの旅＊目次

Ⅰ　縄文《じょうもん》

Ⅱ　大海嘯《おおつなみ》

Ⅲ　祷りへの旅　いのりへのたび

詩集　祷りへの旅

I

縄文

じょうもん

王冠型土器

沸騰してる熱暑の街景が
まだ　脳裡の片隅に
燻っているような気がする

スカイツリーの突き刺さった
雲の塊からこぼれてくる　雨しずく
時代を抜け出たような涼しさに
熱暑の街をふと　訝りながらも
われに還った　わたしが
上野の森を歩いている

叢を踏みわけている　跣《はだし》の
あし底に　土色の匂いが
はねかえってくる
傍らの灌木には
こつぶの白い花が　鏤《ちりば》められていて
訪ねる縄文の里は間近のようだ
その奥に拡がってくる　栗の木の林
淡く黄ばんで穂のようにつりさがる花房
強い香気は
栗の実の豊作を告げているのだ　足取りは軽い

朱色に焼きあがった　壺
細めに萎んだ底を　盛り土の中に沈めて
祭祀の庭が整っている

壺の縁の四方に飾り立つうねりが
内面から外面へ
祈りの声をあげてそそり立つ
壺の外面を支えている曲線の紋様は
重層の綾が広がる構図
呪《しゅ》を追い祓う絶対の壁なのだろう

見上げる空は　紺青いろに染め上げられて
その下に
磨かれて透きとおった風が降りてきている

合掌土偶*

この邑里《むらざと》のせかいを　覆いつくしている
満天の星座
新しい星々の巡りの季節が
風に載せられておとずれると
その度ごとに　磨かれた記憶は
宙天に積み上げられてゆく

濃密のままに透明度の増した　大気の深奥に
満願の月面が坐している
ひかりは　湖《みずうみ》のように静かだ

邑人《むらびと》たちの眼差しが
仰いでいるひかりに引き寄せられてゆく
深い呼吸の胸を抱きかかえて

此の夜のために設《しつら》えられた
祭祀の土手
その中央に位している　合掌土偶
邑人たちの祈りを牽《ひ》いている
口を尖らしているのは
邑人のこころを振るわす囁きであろう

襟から胸元へ
両腕と　腰部から足元へ続く
網目の紋様は　正装での覚悟
立膝に腕を乗せて　その先の

両《ふた》つの掌が隙間なく組まれている
月面の静かなひかりに結ばれた祈り

胸には　豊穣の象徴《しるし》として
ふたつの乳頭のかたちに突起させ
月光の夜が新生のせかいへ移ろい始める
合掌土偶の　豁然と見開かれた視界に
あなたの気配がすでに宿り始めている様子を
せせらぎは聴きとっているであろう

＊　合掌土偶・国宝。青森県八戸市風張1遺跡出土

縄文のヴィーナス*

高々と葉を繁らせた胡桃《くるみ》の木が
さやぐせせらぎの畔《ほとり》に沿って立ち並んでいる
しっかりとした形をみせている鈴なりの実が
はや黄ばみ始めて　稔りの季節に匂い立っている

静かな日差しの下に拡げられた　墓地
その片隅の盛り土に　わたしは
ははさまに捧げる人型《ひとがた》を飾った
雪が溶けせせらぎが戻って来てからは　日ごと
土を練り固めては壊し　壊しては土を捏ねた

ははさまの　艶のある呼び掛けをこの耳に甦らせて

脚から腰にかけての強い形は　ははさまの
土掘りの踏ん張りを真似て　肉を重ねた
これでゆっくり地べたに立ち上がれる
その中ほどに包まれたまるいおなか
わたしの位置を象《しる》した　へそ
そのへその実態《かたち》に誘われ　徐々にははさまが顕れてくる

うすい胸のははさまでしたが　わたしは
強靱な姿勢に仕上げたつもり
ふんだんに花びらを添えた野の草の前の
その立ち姿が確かなあかしだ
楚々とした両《ふた》つの乳房は　一万年の地平から繋がり
一万年の彼方へ繋ぐいのちの　明晰な象徴《しるし》となった

お洒落な耳飾りのついた帽子は　頭に載せてあげた
小高い鼻をつんと上向きに　口もとは細めに　そして
目は　目は閉ざして　目は開けられません
わたしが　黄泉のははさまに包まれるそのときまでは

きょうも平穏な日差しが傾いて
遠く山並みが湧き上がってくる　と
ははさま生き写しの人型も　息衝くいのちのまま
ようやく眠りについた様子

＊　縄文のヴィーナス・国宝。長野県茅野市棚畑遺跡出土

火焔型土器＊

うすく紫がかった霞のひだに
遠い山並みが沈みはじめる
その稜線の上空には
つみ重なっている雲の塊
赫々《あかあか》と焔を立ち上げて　群れ拡がる
さながら　夕映えの火焔の海

この全景を　両眼に鋳込んで立ち続ける
男の
両腕を組んだ骨太の掌《て》に

こびりついている粘土

夕映えの焰を燃やしたままの
不眠の脳髄《あたま》を　早朝
鳥の群れの鳴き騒ぐ音が襲ってくる
若芽いろに染められた
栗の林の向こうの　日の出の空に
男は　急《せ》かされるように飛び出してゆく
熾火《おきび》のように輝いている　棚引く一面の雲に
一瞬に目覚める　ふと土器の口縁《くちべり》がかすめる
朝焼けの空は滾り立つように燃えて
鮮やかな朱色の鳴動に　男の
目玉が剝き出しにされたままだ
引き締まった両腕を振り上げ

大声を発しては伸び過ぎた頭髪を鷲摑みにして
脳髄のど真ん中に居座った　土器の口縁に
赫々と燃える焰を積み上げてゆく
正面には　日の出の焰
向こう側に　夕焼けの焰
両翼にも焰を上げて　この土器は
邑里《むらざと》の　世界の象徴《しるし》になる
男は　昂る唇を固く結んで粘土を捏ね始める

火焰に飾られた土器の壺　その外面の仕上げは
一念の祈りで練りあげた粘土のひも綱を
渦巻き連ねて　呪《しゅ》を祓う思念の紋様に仕上げてゆく

陽はすでに沈みきっている
篝火の中に

男の　影が集中して
降り積もる夜気の冷気に
せせらぎだけが囁いている

＊　火焔型土器・国宝。新潟県十日町市笹山遺跡出土

縄文の女神[*1]

夜気はいよいよ重く熟成し
星のひかりだけが　満天を圧している
せせらぎに浸した肌を
小高い丘の頂に晒して　ひとりの若者
天を仰いでいる

極星の青眼[*2]を捉えると直ぐ
地に伏して暫くの祈り　そして
再《ま》た　直立の視線を極星に向ける
幾度か繰り返した後　そこを拠点として

若者の視野は隣接の星に展がってゆく

地に伏す若者の脳芯に
星のひかりの雫が降りてくる
祈りが星座の全姿勢を描き出している
それは　やがて訪れる満願の月光の前に
ことしの豊穣を祈る女神の姿

腹部のただ中に　極星の神聖を置き
真っ直ぐ咽喉もとに向かう軌跡
両腕の付け根には約束された星の落款
天空の曲面に合わせた頭蓋に
神のことばを享ける　眼の星　耳の星を

腰部から両脚の裾に分けて

包み下ろした布の模様は　たわわに稔る
栗の林　胡桃の林　若者の女神の土偶は
焼き上がるのを待つばかりだ　まもなく
東の山の端に　立ち上がってくるひかりの兆し

＊1　縄文の女神・国宝。山形県舟形町西ノ前遺跡出土
＊2　青眼・親しい人に対する目つき。白眼の対としての青眼

仮面の女神*

しらじらと白みはじめたひんがしの
森そのままに
みぎ足を　稔り豊かに膨らませて。

つやつやと光りはじめたみんなみの
森の息遣いに
あしたの風が群れ立ち
ひだりの足の世界が漲る。

冬空の中天を　背に負うようにして

立ち上がっている　おんなの巨像を
見上げたまま　息を詰めている　この眼が。

かかさまもととさまも　ばさまもじさまも
死んでいったみんなみんな　ぜんぶ　ぜんぶ
受け入れて抱きかかえてくれている　きっと
巨きな女神さまだもの。

森をなしている足もとを染めて
ひかりの色がせりあがってくる
光背そのもののように。

女神のせかいが完成する　と
逆光のなかに　容貌《かお》を隠してしまい
息を詰めている　この眼はもう

届くことのない　彼岸の空域《そら》である。

わたしは天を仰いだまま
眼を瞑る
女神像の全容を　包み込むように。

縄文の邑里《むらざと》を過ぎていった　すべての
亡くなった人々の想いが重なって
濃い影は　いよいよ深く
女神の仮面が　彫りこまれてゆく。

＊　仮面の女神・国宝。長野県茅野市中ッ原遺跡出土

中空土偶*1

縄文の邑里《むらざと》を包み込むように
びっしり　群青いろの風が
中天に張りついている
葉群れのひかりを照り返している　雑木林は
奥へ　奥へ続いていて
せせらぎを載せた流れが
森の奥の結界を縫いながら
目の前の胡桃の林に分け入ってゆく

その向かい側

小高く拡がっている　草原の丘に
丸い盛り土が並んでいて
その中ほどに　ひと際目立って
ひと尋《ひろ》*2を超えるほどの
盛り土が端座している
邑長《むらおさ》の眠りに着くところ
そして　あなたの仕事場でしたね

やや上向きの　偏球状の頭半分に
模様を付した粘土で
双つの眸をくっきり彫りつけ
鼻筋から眉に延ばした意志の軌跡
噛み締めた受口の形は何を語ろうとしているのか
耳から顎へ綴られた控えめの紋様に対しての
格調を見せている胸郭の幾何模様が目を引く

緊張にくびれた腰から
両脚に降りてくる綾目飾り
揃えた下肢を筒型器物で固定して
墓守の仕事場に立っている　あなた

盛り土の中　そのてっぺんに据えられて
女体ながら
代々の死者の守り役がお仕事　だから
偏球状の頭の中も　気張った胸の中も　豊穣な両脚も
全て空っぽ　見事に空っぽ　中空そのまま
悠然とした粘土造りの貌つきは
中空の潔白を証しているからでしょう
全て見事に空っぽなのに
びっしり満ち足りた息遣いは
死者達への

祈りの契りが届いているからでしょう

＊1　中空土偶・国宝。北海道函館市著保内野遺跡出土
＊2　尋《ひろ》・長さの単位、両腕を左右に伸ばした長さ

Ⅱ

大海嘯

おおつなみ

葬送曲

少女が立っています
あどけなさを　僅かに残した顔で
海からの風に
まっすぐに伸びた髪の毛を
そっと　そよがせながら
海はもう　凪いでいるのでしょうか

少女と
凪いだ海との間に
瓦礫がうずたかく重なり

崩れて　形を喪くした家が斃れ
車は　裏返しにひしゃげて
夏になりかけた日差しを撥ね返しています

少女の手に
トランペットが握られています
視線を　直角に海に向け
鎮めた呼吸で　吹きはじめました
ゆりかもめが　幾羽か
流れる音に揺れています

瓦礫の陰から　立ち上がってくる　黒い
大波の怒号に　少女の
母が呑み込まれてゆきます
直角の視線は　ギリギリに耐えて

涙があふれてきても　母を見つめる少女の
瞳は透きとおっています

少女の　トランペットの響く音が
海一面に拡がってゆきます
少女の　緊張している背中が
海一面に向かって屹立しています
少女の　新しい夏が
海一面を越えて　やってきます

一八、七七六人の遺体

正直に申し上げる
今　わたしが眼にしているのは
東日本大震災の記録
一、〇〇〇枚に及ぶ写真集の中の一葉
青いビニールシートで包まれた　五人の
遺体
そして　もう一葉には
毛布にくるまれた　八人の
遺体
そのひとつからは

片方の足底を覗かせている
ツナミの怒号を踏み超えてきたものなのか
微動だにしない翳りの中での
静謐の被写体たちである

ならべ横たえさせているものたちの顔は
人の形を保ってはいるが　容貌《かお》が消えている
青いビニールシートの中では
慄きこわばりを未だ押さえきれずに
くちびるを噛んでいるか
くるまれた毛布の　足先からしみ込んでくる
三月の冷気に　全身を震わせているか
ひとの名を呼び叫ぶ声を　もぎ取られ
塞がれた咽喉を掻き毟っているか

抹殺されたことばが　ガレキのように
立ち竦んでいるさなか
翳り始めた風の行方に　海は
海の潮騒に戻っているのだった

二〇一二年七月十一日の警察庁発表
死亡一五、八六七人　行方不明二、九〇九人
ビニールシートの五人と毛布の八人も
死亡した死者として数えられたのであろう　だが
あの瞬間《とき》の
恐怖の戦慄《おののき》は拭い去られたのだろうか
記録の写真集では　まだ
凍りついたままだが

一年と四ヶ月が巡り

海に逝ったひとびとのいのちは
残されたものの息遣いに寄り添って
棲みはじめたにちがいない
アルバムのスナップ写真だけでなく
ビデオの中の笑顔だけでなく
耳に刻まれた声も
眼に焼きついた癖の有る動きも
すでに一体となって生きているのだろう
六十七年前　満州*の土に抛られた父が　今の
このわたしに詩を書かせ　したたかに
生きつづけているように

青いビニールシートの　五人も
毛布にくるまれた　八人も
海の怒号に引きずりこまれた　一八、七七六人の

全てのいのちが　いま
それぞれの胸の動悸に触れて生きるのだろう

＊　満州・中国東北部

三月　雛の月

闇のように黒い　怒濤の激流に
屋根が剝ぎとられて
壁がぶち抜かれて
粉雪の舞う　空の真下に
曝け出された　居間
その居間からあふれるように飾られている　雛壇には
内裏の　男雛　女雛の
泰然と据えられた　双眸
すこしの揺るぎもみせない
雛人形たちの

色鮮やかな衣裳には
三月三日の気品が　そのまま
漲っている

死者たちの
生涯のすべてのことばが
そのいのちを削りとられて
形の崩れたガレキのように
海に向かって散乱したままだ

雪まじりの寒気のまえに
立ち上がってくることばが見つからないのか
片っぽの運動靴に書き込まれた名前から
花嫁衣裳の白い襞に匂っていたしあわせから
くさりに繋がれたまま横たわる仔犬のしっぽから

ゆるやかに立ちのぼることばが
内裏雛の双つの眸には
鮮明に映しだされているはずなのに

いまは　海鳴りだけの世界だが
惨憺たる光景の　内側から
死者たちの　ことばの息遣いがひそかに
零れ落ちるのを
聴いただろう

＊　参考資料　東日本大震災記録写真集ＴＳＵＮＡＭＩ３・11

叫びの喉に

陸《おか》に登った船は
何の役に立つはずもないのに
骨だらけのビルの屋上を独り占めにして
まるで　悦にいっているかのようなその舳先
雪催《もよ》いの陽射しは　忌々しげに
といって　繰り言も吐けず
山をなす瓦礫の影をつくるばかり

その傍らには
横向きに斃れている　人形《マヌカン》を捉えた一枚の

写真

未だ　生々しい息遣いが
振り乱した毛髪を超えて　黒い波濤のように
わたしの　眼《まなこ》に打ち寄せてくる

人形《マヌカン》の眼《まなこ》も
見開いたままにひかっている
雪の舞う夕景の真下に　身じろぐこともなく
生きてはいない　だが
死者と呼ぶわけにはいかない　姿態

オレの腕から　ひきちぎられていった娘なのか
ワタシの指に　届かなかった妹なのか
ボクの声を　耳に残したままの姉なのか
瓦礫の底の砂地をさ迷いながら

叫びつづけている喉の奥に
それぞれの人形《マヌカン》が　いま
呼気を閉ざしたままで活き返る

人形《マヌカン》の　眼《まなこ》が閉じられなければ
死者ではない
死者にしてはならない
叫びの喉に　そのまま
深い想いの眸《め》で　白い丸みの艶の頬で
そのいのちを活きよ

眼玉だけでも

くろくのたうつ
巨大津波に曳きこまれ
曳き摺りまわされてから
二年半は疾うに過ぎて
南天の　うすみどりの実に　仄かな
紅色が兆してきました
いま　秋色の空の下でようやく
眠りについています
南天の実が　紅《べに》色のひかりを
雪空に翳す頃には

三年の季《とき》をかぞえることになるでしょう
東に拡がる海は　きょうも
静かに煌めいています

くろくのたうつ
巨大津波の裏底に曳き摺りこまれ
岩礁の襞に閉じ込められたまま
二年半は疾うに過ぎて
眼の前に海藻がゆらぎはじめ
流れる潮も透き通ってきて
季《とき》の重なりは確かに見えました
そのひと刻をも　そらすことなく
眼玉を剝いて見据えてきたのです
いまは
あの庭先に　白いコスモスがそよぎ

芒《すすき》の穂先がようやく貌を見せている頃でしょう
眠れるときが　まだ残されているならば
眠るそのときが　訪れてくるならば
雪が吹雪いていたとしても
陸《おか》の上に　芒の枯れ葉の上に
眼玉だけでも
亡き骸として横たえてください

＊　朝日新聞（二〇一三年十月十一日）「東日本大震災、死亡一五八八三人・行方不明二六五二人、警察庁発表（十日現在）」

死者たちの根幹《ねっこ》

一本松[*1]の
根が掘り起こされた
生涯を漲らせた根幹を
縦横に張り出した
巨大なトルソ
おやじの
赤鬼[*2]を見る想いだ
伐り口の
断面に降りかかる日差しを
咎めるように　黒ずんだ年輪の

襞がみじろぐ

根幹に張り付いている根毛の
かすかなふるえを伝って
津波の慄きに潰され
声を失った死者たちの
ことばが零れ落ちる
その横に寄り添っている
死者たちの腕
死者たちの肢《あし》
それぞれに引き合い
それぞれに群れ合い
巨大トルソの腕に
　　　　肢に
繋がっている

数万本の
薙ぎ倒された松の根幹の
仄暗さのなかにも
死者たちの　腕や
　　　　　　肢や
　　　　　　　魂やが
ひっそり　佇んでいるのだろう
熱い吐息の混じった祈りを
ひたすら唱えながら

＊1　東日本大震災の奇跡の一本松
＊2　北満で改葬のため掘り返された父親の詩篇から

たましいに　ひかりをかざして

柔らかい　ひかりにふくらみながら
東の　海から吹き寄せてくる
今朝の風に
ようやく
小さな影を　浮き上がらせてくる
たましいのように　その
輪郭の不確実さを恥じらいながらも

小雪の零れる　三月の昼過ぎ
怒号を上げる

黒いタールの波濤に
ただひとつの名まえを引き剝がされて
無明の淵に引き摺り込まれたままの
五年

罅割れた空の疵は
まだ癒えていない
さくらの花も　菜の花の黄の色も
幾たびか重ねはしたものの
名まえに添えられている筈の骸の
深く刻まれた影の立ち上がりそのままを
ふと　赤いポストの
差し入れ口に見てしまう
防潮堤の根元に蹲っていたり
体育館の天井に交差している

鉄骨に吊り下げられていたり
それでも　荒涼とした砂地に骸を探して
鍬を打ち続ける無言の貌はあるのだが

ただひとつの名まえを引き剝がされて
疵を曝した骸のままでいる筈はない
たましいの
元々の棲み処に　戻っていなければならない
たとえば　夕映えに鎮まる渚に委ねられたままで
あるいは　照葉樹の葉裏の褥に
骸から解き放されて
しっとり
たましいの結晶を見せているだろう
海から吹き寄せてくる
今朝の風は

ひかりにふくらんでいるのだから

＊　東日本大震災　行方不明者　二五六二人（二〇一六年二月十日現在）

七回忌

七回めの春　三月
夕凪の海は
そぞろに揺れるばかり
粉雪は舞っていたか
　（3・11　あれはむごい
　たそがれの時がくると　きまって
　耳元に迫る
　少年の掠れた呟き

海の底に　ひと形の空洞が

未だ残されているか
いのちの形が　頭蓋としてでも
まだ留まっているか
　（3・11　あのままではだめだ
たそがれを待てないほどの
泣訴そのまま
少年の息絶え絶えの呟き

七回めの　夏は果てた
酷暑に灼かれた砂礫の
重ねられた記憶の層に引き込まれている
しろいほね　見開いたままの凝視
　（3・11　どうにかしなければなりません
たそがれは母への想いを膨らませて
声を殺し

絶句する少年の呟き

時に無造作に
記憶の残骸を押し流してゆく
忘却の波頭が　いま
飛散しようとしている
（3・11　を手にとってください　おねがいします
たそがれが無間の底に届く前
少年の呟きは　祈りの炎に
結晶している　七回忌

Ⅲ

祷りへの旅

いのりへのたび

仔牛の眼差しに

窓が開いたままだ
跳びだしたドアは
無表情に揺れている
北に向かっている街並みに
こぼれたように倒れている
銀色の自転車は　すでに
絶命している気配だ
ひとの吐く息の
そのかすかな囁きが届いてこない
この街並みを装っていた全ての

音という音が剝ぎ取られて
じっとり
湿気の底に沈みこんでいる
其処此処にはガレキの塊が
化石のように瞑目している
空は
まさにそら色の蒼天なのに
原子炉格納容器に閉じ込められた想いだ

全ての言葉を　その胎内に
凍結させた赤いポストを過ぎると
四辻に出る　そのとき
忽然と姿を見せた　黒い
仔牛　二頭
標識の付いていない耳の

柔らかな動きが初々しい
この世の生きものとも思えない
艶のある毛並みのなかに
神聖無垢そのままの眼差しが宿っている
四肢の蹄の先に　むんむん
立ち昇っている放射線の熱気が
黒い仔牛たちには見えているのだろうか

時間が固まってしまったのに
無惨にも
紅い梅の蕾が膨らみ始めている
青い実を付ける約束を劚り散らしている
放射熱を
無心に嗅ぎ取っている二頭の仔牛
その仔牛たちに

剝ぎ取られた　音と言葉が
戻ってきそうにもない

停止した時間を覆って
巷の喧騒を引き連れた闇が
襲ってくる
帰還困難区域に

無人の踏み切り

肩を揺らす人の影も
でこぼこに揺れる車の音も
一切　沈み込んでしまった
踏み切り
赤い尾灯を引き摺っていた列車の
度忘れしそうなリズムを載せた
遠い灯りのようなレールのひびきも
一切　盗み去られたような
踏み切り

そこは　放射線の瘴気に熱せられて
牛の　偏平足の足型が
わがもの貌の　豚足の捺印が
放埒仕放題の　犬どもの爪痕が
華々しい野生の生命力で
跳ね返っている
人の気配の抹殺された
けものたちの塒城《ねぐらじろ》さながらに

結界の張り巡らされた一帯には
視力に届くことのない
放射能王宮が
燦然と　聳え立つ
傍らには
なにものかの　世辞よろしく

あじさいの　うす桃色が添えられて

人の存在が砕かれた世界の一郭
この結界の空域が
朝焼けの真下に　増殖してゆく

いずれけものたちも　腐食した遺伝子に
喰らい尽くされてしまう　現実

花びらの往きつく場所は

律儀に
ことしもまた
季節の風は
桜の枝全面に　しろい
花びらを貼りつけてゆく
無人の径は　息を殺して
僅かに透けて見える空も
遠く薄れてゆく
草色のまじり始めた道端から
桜の幹に沿って

立ち上がってくる瘴気
放射線の殺気は沈黙のまま
花びらの群れを包み込んでいる
恐れと　慄きと
あしたを奪われた苦痛に
頬をひきつらせた　しろい
花びらの顔面に
穿たれてゆく　無表情の
眼球
満開の桜の
花びらで埋められるはずの径を
この眼球たちは　もはや
見届けることはできない
噴きあがる瘴気に
凍りついてしまった花びらは

散り敷くのぞみを絶たれたのだ
いのちの
往きつく場所を奪われ
沈黙の空間を
さまよい続けるばかりの
理不尽

原発の地　双葉町　大熊町は
墓地にもなりきれずに
理不尽を咥えたまま　野垂れ死ぬのか

羽の紋様

日差しは
いつもの季《とし》のように
黒々と　土の温もりを醸し出して
零れつづけてきた　菜の花の
種子の潤いを呼びはじめる

黄金色《きんいろ》にひかりはじめた　菜の花から
熟しきった種子が　あの日
シーベルトの瘴気の底に沈められて
人の逃げ去った　雑草の繁茂するさなかで

蒼い　閃光を浴びた

蒼い　閃光を抱えたままの種子は
年毎　黄金色の菜の花は咲かせたが
そのまま　足音の途絶えた
無人のシーベルトの熱層に
全身を浸してきた

朝の日差しが
ようやく　濃い陰影《かげ》に深まってくると
黄金色の菜の花に寄り添いはじめる
すでに馴れ初めの　蝶
異形の影を引き摺って

菜の花の蜜に向けて

伸ばしてくる口吻の管が曲がり
揺れる体位を支える　羽の
片側が崩れている　蝶は
匂いだけの蜜に　狂いそうだ

疵の刻印で染められた　羽の
血走った紋様には
蒼い　閃光が潜んでいる
蝶は　影の中の死に気付くことなく
菜の花の　新しい日差しに移ってゆく

石たちの影

ぶこつな
オオバコの葉の陰にも
激震が嵌りこんでから
緊張の正座に縛られた
拳ほどの
石

皮膚はざらざらに泡立ち
削げ立つ貌色に刻まれる余震
日差しに吹き寄せる風に

潮鳴りの悪寒が潜んでいる
この不整脈は何の兆しか

石は
貌のすべてを固めて　石になる
海風の　原子の炎から
青い放射の熱風が沸き立ち
不整脈に息詰まる　ちいさな
鮮血の内臓を溶かしにかかるのだ
細い小径に揺れている蝶の触角は
瞬時に硬直し　そろりくずれて消えた
石の　正座の底が
脂汗に凍える

ぶこつな

オオバコの葉が　この先
どれほど生え代われるのか
石は
いよいよ石の貌をこわばらせ
青い放射の熱風に怯えながら
無言で呟く
青い炎の消えるまでの時間が
その全身を晒して　横たわれるのか
十万年の溝に

ちいさな　鮮血の内臓を抱えた
拳ほどの石が
そこ　かしこ　に
影をつくっている
その影が

ことばに繋がれて
世代が移り代わって
十万年の溝が埋められるのか

黒い土嚢

砂埃にくすんだままの
ガラス戸に反映《はねかえ》った
道端の草むらは赤さび
気を喪った姿態を見せている

木々の影は
陽射しの向きに合わせて
そのままに　居座る位置を
移してゆくばかりだ

街の通りの
アスファルトの沈黙は
ただの静寂《しずか》さだけではない
線量の緊張に　息を詰まらせているのだ

呼吸《いき》絶えだえの風が
粘りつくように沈殿してくる
線量の増幅してくる空域は　すでに
蝶や飛蝗《ばった》の棲み処まで拒否している

街の周囲に拡げられた　畑や田圃
芒《すすき》の立ち騒ぐ荒地や僅かな林
それらをうずめ尽くすように
累々と展開されてゆく　黒い土嚢

放射線に塗れた　重量一ｔの
除去物を詰め込んだ黒い土嚢
特殊素材の耐候性フレコンバッグには
総線量と同量の　怨念が付着している

このまま　夜に沈んで
まちがいなく　朝に戻れるのか
黒い土嚢のうねりは拡がり
底なしの怨念が決壊する

＊　福島県大熊町にて

月下の群翔

肌色の温もりに
踏まれることがなくなってから
この細道の
ねこじゃらしの茎の丈が
伸び過ぎてしまうようだ
それでも
月のひかりとはいえ
この　影の薄さはなぜなのか
海に向き合った小さな街並みを

睥睨していた　原子力発電所の大甕が
水色の波形に
やさしく飾られた建屋の
天井を引き裂き
宙空に飛散した異界のパンドラの臭気が
霧のように降りてきて
人の気配を抹殺しはじめてからだ

飢えて　声を殺してしまった
犬も猫も
爪痕を抱えて
藪草の陰に果てた
鶏舎のさざめきは
腐食の沈黙にのめりこみ
乳牛は裂けてくる乳房の絶望に

呻き続ける

月が　中天に立ち
すべての眠りが凍えはじめる　刻
囁くように
羽音の嗚咽が地を這ってくる
人の気配を包んでいた　いのち全ての
声を絞り出すようにして

沈黙の塊が張り付いている軒下から
湧き出すように
鴉の
漆黒の羽が立ち上がると
続いてその跡を追い
黒光りの筋肉質の爪が

臭気漂う砂地を蹴る
存在の影を喪失してもなお

土塊に
木々の葉群れに
ねこじゃらしの穂先に
摺り寄せる鴉の眼球は
痛みを吐きながら生地の匂いを嗅ぎ
暫くの震えの後
月のひかりを捉えると
銀箔の怒りに発光するのだった

やがて　傾きはじめる月を追って
鴉の　群翔が透き通ってゆく

祷りへの旅

雪雲の下に　立ちこめている
風が
きしむ音に耐えて
凝り固まっている
凍りつくひかりのなかで
乳牛《うし》の眼が　私の瞳孔《ひとみ》を咥えて離さない
放射線の沈殿してくる牧舎に
置き去りにはできない　まして餓死など
避難までの時間がない
私の殺意の手を

乳牛たちは避けようとしない　そしてそのまま
眼を閉じて　前脚を折る
体躯《からだ》を震わせて　果てる
うしろにいたつぎの乳牛の
視線が定まらないためか　私の瞳孔を
咥えられないでいる　それでも
眼を閉じると前脚を折って
果てていった
何頭の乳牛を葬ったか　私はすでに
狂気の中に居た
夕闇の奥へ
水素爆発を起こした原子力発電所の　建屋の
残骸が引き込まれてゆく
乳牛たちの屍に　夜気が張り付いて
いよいよ　真空地帯に凝結してゆく

避難先の　寝袋の夢に　毎夜
乳牛たちがやってくる　私の瞳孔を咥えに
そして　最後の乳牛を見送るのは　空の白む頃
この秘儀は　七回忌まで持たなかった
渚の囀りも押し黙る熱暑の夜　私は
最後の乳牛の後について
旅に出てしまったのである
夜気の流れに沿って　残骸の建屋の上を超え
放射線の鎮まる　十万年の月日を
乳牛たちに連れられて
祷りへの旅になりそうである

■初出一覧

Ⅰ　縄文《じょうもん》

王冠型土器	「午前」14号	2018・8
合掌土偶	「晨」18号	2018・10
縄文のヴィーナス	「竜骨」108号	2018・10
火焔型土器	「午前」15号	2019・1
縄文の女神	「竜骨」109号	2019・3
仮面の女神	「晨」19号	2019・4
中空土偶	「午前」16号	2019・8

Ⅱ　大海嘯《おおつなみ》

葬送曲	「竜骨」81号	2011・6
一八、七七六人の遺体	「セコイア」37号	2012・7
三月　雛の月	「晨」6号	2012・10
叫びの喉に	「竜骨」85号	2012・6

眼玉だけでも　「晨」8号　2013・10
死者たちの根幹《ねっこ》　「晨」7号　2013・4
たましいに　ひかりをかざして　「午前」9号　2016・2
七回忌　「詩と思想」2017・10月号

Ⅲ　祷りへの旅《いのりへのたび》

仔牛の眼差しに　「午前」3号　2013・3
無人の踏み切り　「蝸牛」52号　2016・6
花びらの往きつく場所は　「晨」9号　2014・4
羽の紋様　「晨」13号　2016・3
石たちの影　「午前」5号　2014・3
黒い土嚢　「竜骨」98号　2015・9
月下の群翔　「午前」7号　2015・2
祷りへの旅　「竜骨」110号　2019・6

あとがき

そのときの頃から既にして山里の栗の林の傍らに河縁《かわべり》に山の幸を求め、海里の潮騒に揺られながら海の幸を享け授かり、邑人《むらびと》たちは棲みついていたのであろう。今から一万五千年ほどむかしのその世界を私たちは縄文時代と名付けてはいるのだが。その時代から掘り起こされた土器土偶をたよりに、そこに活きた邑人たちの世情を想い描くことは楽しかった。だがその時代にあっても現実はそれだけではなく、百年に一度あるいは千年に一度、大地震《おおない》に引き裂かれ、大海嘯《おおつなみ》に引き剝がされたにちがいない。そのとき邑人たちは如何にしてそれを潜り抜け乗り越えられたのであろうか。私なりの想像であるが、そこに活きてきた人々の世界を形作っている太陽や星、山々や大海原などの動きひとつひとつの不思議な力を、畏れ敬い、そして信じきることによって、哀しみさえも超えられたのであろう。即ちそれは邑人たちのひたすらな〈祈り〉そのものの力といえるだろう。

さてこの現代を見つめてみるとき、その祈りと力とが見出されるだろうか。いや、見出されるというより、放棄してしまったという結論の方が正確かもしれない。例えば、原子の核分裂を人間の手で制御し得たという幻想にも似た自惚れに嵌ったときに見失ったか、いや捨てたと言うべきだろう。放射能や放射線量などに未だに触れることもできず、スリーマイル島にチェルノブイリそして福島原発の事故と重ねているというのに気付かないふりは将に確信犯である。それへの抗いを如何に示すか、当事者を責めたとしても降り積もった放射線は元に戻りはしない。そのときに私は動物たちの眼の色と表情とに教えられたように感じたのであった。清純な祈りと力がそこに宿っているように私には見えたのである。

前の詩集『石の懐』のあとがきで東日本大震災に関わる作品について触れたが、これでどうにか約束が果たせそうである。この機会を得られたことに広く感謝申し上げたい。

高橋次夫

二〇二〇年四月　　清明

著者略歴

高橋次夫（たかはし・つぎお）

一九三五年　宮城県仙台市生まれ

著　書　詩集『鴉の生理』　一九八一年
『骨を飾る』　一九八五年
『高橋次夫詩集』　一九八七年
『花脣』　一九九二年
『搔痒の日々』　一九九四年
『孤島にて』　二〇〇〇年
『雪一尺』　二〇〇七年
新・日本現代詩文庫55『高橋次夫詩集』　二〇〇八年
『孤性の骨格』　二〇一一年
『石の懐』　二〇一八年
散文『篠竹』　二〇〇五年

所　属　日本現代詩人会、日本詩人クラブ、日本文藝家協会　各会員
詩誌「竜骨」、「午前」、「晨」同人

現住所　〒三三八―〇八三二　埼玉県さいたま市桜区西堀七―五―一―四〇三

詩集 祷《いの》りへの旅《たび》

発行 二〇二〇年六月五日

著者 高橋次夫
装幀 森本良成
発行者 高木祐子
発行所 土曜美術社出版販売
〒162-0813 東京都新宿区東五軒町三―一〇
電話 〇三―五二二九―〇七三〇
FAX 〇三―五二二九―〇七三二
振替 〇〇一六〇―九―七五六九〇九

印刷・製本 モリモト印刷
ISBN978-4-8120-2559-8 C0092